图书在版编目（CIP）数据

不紧张，不畏惧，机智说出不可以 /（美）贝蒂·伯格霍尔德文；（日）河原麻里子图；李亭亭译. — 青岛：青岛出版社，2020.8

（学会勇敢表达）

ISBN 978-7-5552-9229-6

Ⅰ. ①不… Ⅱ. ①贝… ②河… ③李… Ⅲ. ①儿童故事－图画故事－美国－现代 Ⅳ. ①I712.85

中国版本图书馆CIP数据核字（2020）第098816号

丛书名	学会勇敢表达
书　名	不紧张，不畏惧，机智说出不可以
文　字	［美］贝蒂·伯格霍尔德
绘　图	［日］河原麻里子
翻　译	李亭亭
出版发行	青岛出版社
社　址	青岛市海尔路182号（266061）
本社网址	http：//www.qdpub.com
团购电话	18661937021　0532-68068797
策划编辑	谢　蔚　刘怀莲
责任编辑	崔　晨
装帧设计	W戊戌同文
印　刷	青岛乐喜力科技发展有限公司
出版日期	2020年8月第1版　2020年8月第1次印刷
开　本	16开（889mm×1194mm）
印　张	2.25
字　数	45千
书　号	ISBN 978-7-5552-9229-6
定　价	36.00元

编校印装质量、盗版监督服务电话　4006532017　0532-68068638

本书建议陈列类别：图画书

学会勇敢表达

不紧张，不畏惧，机智说出不可以

［美］贝蒂・伯格霍尔德／文
［日］河原麻里子／图
李亭亭／译

青岛出版社
QINGDAO PUBLISHING HOUSE

在商场

有一天，我和妈妈一起去买东西。

突然，妈妈不见了，哪里都没有她的踪影。

是她迷路了，还是我走丢了？

我该怎么办？大哭大叫，还是自己到处找找？

不行，不能这么做！

如果陌生人走过来，对我说：“走吧，我带你去找妈妈。”我应该跟他走吗？

不，绝对不能跟陌生人走！

我要怎么找妈妈呢？

对了！妈妈告诉过我，走丢的话，可以向附近的营业员求助。

我对营业员说："请帮我找找妈妈。她姓林，戴着棕色框的眼镜。"

营业员赶紧帮我找妈妈，她打了电话，联系了服务台。

他们帮我找到了妈妈，妈妈也找到了我。

“太好啦！”妈妈紧紧地抱着我说。

我说：“妈妈，别再把我弄丢啦！”

在公园

我骑着新自行车来到了公园。

骑新车的感觉真好！

忽然，一个叔叔向我走过来。

我认识他吗?

他一直笑眯眯的，看起来很亲切。

“你好啊，小新。我刚刚接到你妈妈的电话，让你赶快回家。走吧，叔叔带你回家。”

“叔叔，我妈妈就坐在那边的长椅上，我叫她过来吧！”

接着，我大声喊：“妈妈！”

公园里的人都被我的喊叫声吸引了，向这边看过来。

叔叔慌慌忙忙地逃走了。

我开心地笑了。

妈妈根本没坐在长椅上，我骗了那个叔叔，因为我知道他在说谎——我不是小新，我是小健。

那个叔叔肯定不知道，我被妈妈叮嘱过不能跟陌生人走。

我要赶快回家，把刚才发生的事告诉妈妈。

在公寓大楼

每天早上，我都会到一楼的信箱拿信。

“你好！”我对邮递员说。

“早上好！”我对大楼管理员说。

但是，我不会跟那个打扫卫生的伯伯打招呼。

我不喜欢他跟我说话的方式，也不喜欢他看我的眼神。

他说我是他的“小宝贝”，这让我感觉很不舒服，不像爸爸妈妈这样叫我时开心。

这天早上，我跑去一楼拿信时，不小心撞到那个伯伯身上，跌倒了。

他把我扶起来，问："小宝贝，有没有受伤啊？来，让我看看。"

"乖孩子，乖孩子……"他一边说着一边拍着我的背。

我不喜欢他这样对我，感觉很不舒服。

他开始摸我的身体——背、胸、腿……

他的手伸向了我的两腿之间！

我好害怕，使劲推开他。

我大叫："住手！你不可以这样做！"然后拼命逃跑。

他追着我喊："别跑，我送给你洋娃娃！"

我还是不停地跑，一直跑到妈妈身边。

我忍不住哭了出来，妈妈紧紧地抱住了我。

我要告诉妈妈发生了什么事吗？

妈妈把我抱在怀里，轻声说："小宝贝，怎么了？跟妈妈说说吧！"

我想了想，还是把发生的事情告诉了妈妈。

妈妈紧紧地搂住我，说："发生这样的事，不是你的错。以后，不论发生什么事，你都可以告诉爸爸妈妈。"

妈妈还告诉我："不论是谁，都不能那样摸你的身体。"

是的，不论是谁，都不可以！

这是我自己的身体，不论是谁，都不能用我不喜欢的方式摸我。

不论是谁，都不可以！

在酒店

终于到酒店了。

我感觉又冷又饿，还很累，有些烦躁。

大家都在忙——爸爸妈妈忙着搬行李，姐姐忙着哄哭闹的弟弟。

弟弟的哭闹声像警报一样响亮，可能他跟我有同样的感受吧。

酒店的儿童游戏区在哪里呢？我正在寻找的时候，一个大哥哥叫住我："小弟弟，你在找什么？"

我告诉他我在找儿童游戏区。

"这个房间里有很棒的游戏机，快进来看看吧！"他走过来，抓住了我的肩膀。

我不停地扭动着身体挣扎。

他紧抓着我不放，想把我推进房间里。

“爸爸！妈妈！”我大叫，并用力踩了他的脚尖。

听到我的叫声，爸爸妈妈急忙跑过来。

他转身逃跑，爸爸妈妈追了过去。

姐姐对我说："你刚才做得很好！"

可我并不满意："我做得还不够好，一开始就不该和他说话。"

后来，姐姐抱着弟弟，陪我一起去找儿童游戏区。

电视新闻

“一名男孩下落不明，不排除已遇害。”新闻主播说。

我问爸爸：“什么是‘遇害’？”

爸爸告诉我：“就是‘被杀害’。”

新闻主播说，那个坏人可能专挑小孩子下手。

“坏人是怎么把那个男孩带走的呢？”我问。

爸爸坐到我身边，对我说：“陌生人里有很多好人，但也有想害人的坏人。”

“如果遇到这样的坏人，我该怎么办呢？”

“想尽办法逃跑，逃到爸爸妈妈身边，或是找警察求助。一定要记住，千万不要和想把你带走的陌生人说话，更不要靠近他，最重要的是绝对不能跟他走！”

“那个男孩跟着陌生人走了吗？”

“可能吧！”爸爸难过地说，“可能没有人告诉他‘不能跟陌生人走’。”

“为什么要伤害小孩呢？”

爸爸摇了摇头，说：“不知道，可能他们的心理有问题，所以千万不要靠近他们。如果有陌生人对你说，是爸爸妈妈让他来接你的，你也不要相信，因为我们绝对不会请一个你不认识的人去接你。还有，不能因为是常见的邻居，或是见过的人，就随便跟着走，知道吗？”

“我知道了，爸爸。”我说，“但我有点儿害怕！”

爸爸抱紧我，笑着说：“只要你远离陌生人，机智勇敢地说出不可以，就不会那么容易受到伤害。”

“我记住了。如果有陌生人和我说话，我不回答他，也不靠近他，更不跟他走。”我对爸爸说。

在亲戚家

由佳是我的好朋友，我们几乎每天都一起玩。

这天，由佳一直不说话，一副害怕的模样。

我问："发生了什么事？可以告诉我吗？"

由佳摇了摇头，又沉默地低下了头。

"到底发生了什么事？我们不是无话不说的吗？"

“昨天放学后，亨利叔叔把我接去了他家，说要和我玩游戏。”由佳盯着自己的袜子说。

“玩什么游戏？”我问。

由佳突然哭了起来。过了好一会儿，她才开口说：“令人讨厌的游戏。叔叔让我脱掉衣服，对我做了我很不喜欢的事情。后来，他送了蛋糕和玩具给我。但是，我根本就不想玩那个游戏……”

“由佳，你可以拒绝玩你不喜欢的游戏。那个叔叔真是个坏人！”

“我也很坏。”由佳大哭着说，“我不敢告诉妈妈。她如果知道了，一定会觉得我是坏孩子。”

“才不会呢！走吧，我和你一起去告诉你妈妈。相信我，她不会责怪你的。”

由佳的妈妈看到由佳在哭，问："小宝贝，怎么了？"

由佳哭得更伤心了。

我对由佳的妈妈说："亨利叔叔对由佳做了很过分的事。他让由佳脱掉衣服，还一起玩由佳不喜欢的游戏。由佳不敢告诉你，怕你会责怪她，说她是坏小孩。"

由佳的妈妈听了大吃一惊。她紧紧地抱住由佳，说："我怎么会责怪你呢？你一点儿都不坏，坏的是亨利叔叔！快告诉妈妈究竟发生了什么事。"

于是，由佳把一切都告诉了她的妈妈。

“谢谢你们把这件事告诉我。”由佳的妈妈说，“如果有人对你们做了让你们讨厌的事，即使是关系很亲近的人，你们也要及时告诉自己的爸爸妈妈。要远离那些引诱你们玩奇怪游戏的坏人。而且，你们可以说‘不可以’和‘住手’，尝试大叫和逃跑，知道了吗？”

“嗯，知道了。”

“我以后再也不想见到亨利叔叔了。”由佳小声地说。

“当然不会再见到他了！我和爸爸会保护你，也会让他受到惩罚。”由佳的妈妈说。

“我说得没错吧？遇到这样的事就应该告诉爸爸妈妈，他们是不会责怪我们的。”我说。

由佳擦了擦眼泪，露出了笑容。

“好了，我们一起去榨果汁喝吧！”由佳的妈妈说。